KB269850

사랑시인 정형표 시집

특허 받은 노래하는 시집

도서출판 지식나무

『특허 받은 노래하는 시집』

어느 날, 사랑의 글이 노래가 되었고
노래가 다시 시가 되어 돌아왔습니다.

사랑하는 이의 이름을 부르며 써 내려간 시가
기타 선율에 실려 마음의 노래가 되었고,
그 노래는 QR코드 하나로
나의 가슴을 울리는 시가 되었습니다.

이 시집은 단순한 활자가 아닙니다.
이 속의 시 한 편 한 편에는
누군가를 그리워한 날,
누군가를 보내야 했던 밤,
그리고 누군가를 가슴에 품고 살아온 모든 순간이 담겨
있습니다.

저는 시를 쓰고, 시를 노래로 만들어
QR코드에 담아

이제 당신과 마주하려 합니다.

『특허 받은 노래하는 시집』
그 이름 속에는 저의 창작의 결실과 감정의 여정이 담겨
있습니다.
'노래하는 시'는 제가 살아온 사랑의 기록이자,
여러분께 건네는 가장 따뜻한 위로이기도 합니다.
이 시집이 당신의 하루에
작은 위로가 되고, 노래가 되고,
시가 되기를 진심으로 기대해 봅니다.

2025년 8월
사랑시인 **정형표**

휴대전화 카메라를 QR코드에 대고 클릭하시면
노래를 들으실 수 있습니다

특허증
CERTIFICATE OF PATENT

특 허
Patent Number
제 10-2843194 호

출원번호
Application Number
제 10-2024-0198716 호

출원일
Filing Date
2024년 12월 27일

등록일
Registration Date
2025년 08월 01일

발명의명칭　Title of the invention
QR코드를 활용한 시집 시스템

특허권자　Patentee
정형표(601126-*****)**
전북특별자치도 군산시

발명자　Inventor
정형표(601126-*****)**
전북특별자치도 군산시

위의 발명은 「특허법」에 따라 특허원부에 등록되었음을 증명합니다.

This is to certify that, in accordance with the Patent Act, a patent for the invention
has been registered at the Korean Intellectual Property Office.

2025년 08월 04일

특허청
Korean Intellectual
Property Office

특허청장
COMMISSIONER,
KOREAN INTELLECTUAL PROPERTY OFFICE

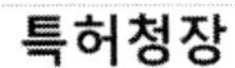

김 완 기

---

* 본 특허의 무단 사용은 지적재산권 침해에 해당하며.
민.형사상 책임을 물을 수 있습니다*

<목차>

■ **시인의 말**
■ **특허증**

PART 01/ 사랑, 사랑, 사랑• I

꽃처럼 살고 싶다 ····················· 2
사랑 보따리 ····················· 3
나의 마음 ····················· 4
한파 특보 ····················· 5
눈물의 지우개 ····················· 6
눈빛 ····················· 8
뜨거운 내 사랑 ····················· 9
그림자 사랑 ····················· 10
당신 ·····················11
대나무 ····················· 12
떠난 사랑 ····················· 14
달콤한 사랑 ····················· 16
두 번 죽다 살아난 날 ············· 18
진실에 대한 단상(斷想)) ········· 19
멈춘 시간 ····················· 20
아프고 슬픈 내 사랑 ············· 21
미운 눈물 ····················· 22
바다 ····················· 24
별 ····················· 26
봉숭아꽃 ····················· 28

PART 02/ 사랑, 사랑, 사랑•II

사랑 …………………… 30

한 방울의 사랑 …………… 31

사랑 쉽게 보지 마 ………… 32

자동이체 ………………… 33

사랑의 열기구 …………… 34

사랑의 씨앗 ……………… 36

영원히 사랑할게요 ………… 38

사랑 참 어렵다 …………… 40

술 ………………………… 41

알밤 같은 사랑 …………… 42

촛불과 장다리꽃 …………… 43

옛사랑•1 ………………… 44

옛사랑•2 ………………… 45

여행 ……………………… 46

오늘 ……………………… 47

그대뿐 …………………… 48

오늘 밤 …………………… 49

울지 마 …………………… 50

이런 사랑 할 거야 ………… 52

큰 사랑 …………………… 54

PART 03/ 사계(四季) 속, 삶의 흔적들

금낭화 ················· 56

그대는 아는가 ················· 57

내장산 ················· 58

돛단배 ················· 60

바닷속 이야기 ················· 62

너를 만날 때마다 ················· 64

병뚜껑 ················· 65

봄바람 ················· 66

봄비가 좋아 ················· 67

사계(四季) ················· 68

1. 봄 ················· 68

2. 여름 ················· 69

3. 가을 ················· 71

4. 겨울 ················· 72

삶과 인생 ················· 74

상처투성이 바람 ················· 76

선생님 ················· 78

신비한 앵두나무 ················· 80

세상은 혼자다 ················· 81

참사랑 ················· 82

장다리꽃 ················· 83

정읍 월영습지 ················· 84

칡넝쿨 ················· 86

화성시 ················· 88

PART 04/ 푸름 가득한 따뜻한 가족

가족 ···································· 92

가족의 힘 ······························ 93

꽃 ····································· 94

김장하는 날 ··························· 96

받고 싶은 사랑 ························ 97

나쁜 사랑 ···························· 98

그대를 만난 후 ······················ 100

그리움 ······························· 102

눈물 흘린 어버이날 ··················· 104

달나라에 계신 아버지 ················· 106

당신은 선녀 ·························· 108

사랑의 우물 ·························· 109

성스러운 축복의 결혼 ················· 110

세상에 오신 님 ······················ 112

이름 ································· 113

아내가 몰래 한 사랑 ················· 114

잉태 ································· 116

화려한 유혹 ·························· 117

응 ··································· 118

〈해설〉

새로운 시집의 지평을 연 『특허 받은 노래하는 시집』
···119

PART 01

사랑, 사랑, 사랑 ● I

꽃처럼 살고 싶다

항상
향기로 나를 부르고

항상
웃음으로 반겨주는 꽃처럼

나도 너랑
꽃처럼 살고 싶다

네가 꽃이 되면
나는 향기 되고

내가 꽃이 되면
네가 향기 되어

웃는 꽃처럼
향기로운 꽃처럼

한평생
너랑 꽃처럼 살고 싶다

사랑 보따리

내 사랑 보따리

오늘 택배로 보냈어

내 사랑 몽땅 다

이제는 네 거야

나의 마음

내가 따라준 술을 마셨지

그건 술이 아니고 나의 마음이었어

너는 술을 마신 게 아니고

나의 마음을 마셨어

네 가슴속에 내가 있다

한파 특보

세상은 지금

한파 특보로 난리인데

내 가슴만 뜨겁다

그대 생각뿐이라서

눈물의 지우개

동이 트면
이 전선 저 전선
삶의 전선 누비다

어둠 찾아오면
노을빛에 빛바래
버려진 바람처럼
가슴속에 쌓여있는
그리움 보따리 풀어

달이 뜨면 달빛 속에서
별이 보이면 별빛 속에서
그대를 찾아요

운명이란 글자로 피어나는 당신
날마다 그대 이름 불러도
그리움은 늘 쌓이고 쌓이는데
눈물은 또

그리움을 지워가네요

항상 곁에 두고 싶은데
안고 부비며 살고 싶은데
상사화 연정처럼 어긋난 그리움
눈물의 지우개는
그대를 조금씩 지워가네요

그대 얼굴이
그대 이름이
내 전부인데

야속한 눈물은
그리운 눈물의 지우개 되어
가슴속 상처 씻어주며 지우라 하네
아프고 깊은 사랑의 상처
지우라 하네

눈빛

당신 옆모습
살짝 훔쳐보다

우리
눈 마주치면

내 눈빛 당신 눈 위에
살포시 얹습니다.

뜨거운 내 사랑

너와 나의 대화는
밤하늘 별처럼 반짝였고

너의 동공 속 미소는
내 심장 뜨겁게 만들었다

그대 이름 부를 때마다
요동치는 내 가슴속 울림

한여름 태양보다
더 뜨거운 내 사랑

그림자 사랑

다가가면 멀어지고
잡으려 하면 사라지고
잊으려 하면
미소 지으며 다가오는
그림자 같은 내 사랑

붙잡을 수 없어
더 슬프고 아픈 사랑
곁에 있어도
멀리 있어도

눈 감으면 눈물에 젖어
내 곁을 맴도는
함께 있어도 그리운
지울 수 없는 내 사랑
그림자 사랑

당신

비가 오면
며칠이나 오며
눈이 오면
며칠이나 오던가요.

더우면
얼마나 덥고
추우면
얼마나 춥던가요.

꽃이 피면
며칠이나 피고
꽃향기는
며칠이나 가던가요.

당신은
나의
평생 꽃이고
평생 향기인 것을

대나무

바람의 음정에 맞춰
날마다 춤추며 노래하지만

허구한 날 뜬 눈으로
하얀 밤 지새우고
속까지 하얗게 타 버린 너

누구를 얼마나 사랑했기에
그렇게 기다리고 기다리는지
속 시원하게 얘기해 봐
나도 너랑 같아

내 속도 하얗게 다 타 버렸고
갈비뼈 마디마디에
겹겹이 박혀버린 옹이가 있어

너도 마디마디에 빼지 못할
하얀 옹이 있는 거 알아
빼낼 수 없는 옹이

나, 네 맘 알아
너도 내 맘 알잖아

빼지 못할 옹이 아름답게 포장해서
예쁘게 간직하자
바람의 추억으로
아름답게 간직하자

떠난 사랑

그대 떠난 자리
그 자리에 서서
그대와 함께한 시간의 끝을
그대의 빈 그림자를 붙잡고 있어요.

그대 떠났어도
돌아오지 않아도
그대 이름 옹알이다
빈 가슴 껴안고 쓰러져 잠들고

내 마음은 지금도
그대 생각으로 웃다가 울다가
그대를 그리며
하루를 버텨요

세상 모든 꽃은 시들었는데
그대라는 꽃만
봄꽃 만개하듯 활짝 피어나
내 가슴을 더 아프게 해요

다시 돌아오지 않을 거면
꿈속에서도 찾아오지 마세요.
매일 잠에서 깨어나면
너무나 슬프고 아파요

날마다 베개만 촉촉이 적셔요.

달콤한 사랑

바람 속에 몰래 보낸
그대의 향기를 마시며
흘러가는 시간 속에
우리의 사랑을 그려 봅니다

그대가 보낸 향기로
익어가는 사랑이
흐르는 시간 속에서
방글방글 웃습니다

흘러가는 시간 속에
바람과 함께
너와 나의 사랑이
나풀나풀 춤추며
노래하고 있어요

향기 있는 그대가 좋아요
우리의 사랑이 좋아요
지금, 이 순간이 좋아요.

춤추며 사랑하며
깔깔거리며
다가오는 미래가
너와 나의 사랑이야
우리의 미래야

두 번 죽다 살아난 날

햇볕 뜨거워 죽는 줄 알았다

양산을 씌워주어 살았다

양산 속에서

그녀에게 감전돼 죽는 줄 알았다

목적지가 짧아 겨우 살았다

진실에 대한 단상(斷想))

좋은 집에 살면
행복할까

명품 침대에서 자면
속궁합 잘 맞을까

명품 옷으로 숨긴다고
그 몸매 어디 가나

겉만 예쁘면 뭐 해
속이 예뻐야지

입으로 잘 하면 뭐해
실천을 잘해야지

입으로 행복하면 뭐 해
마음이 행복해야지

멈춘 시간

너 떠난 뒤
멈춰버린 시간

그대가 살아있고
내가 살아있는데

녹슨 벽시계처럼
멈춰버린 시간

예쁜 치매로
아름답고 고운 할머니처럼

처음 만난 시간만
손꼽아 헤아리는

예쁜 치매 걸린
고운 시계꽃 같은 나

아프고 슬픈 내 사랑

눈 감으면 함께 있다

눈 뜨면 사라지고

눈 감아야 다가오는

아프고 슬픈 내 사랑

미운 눈물

세월은
밤하늘 달처럼
덧없이 흘러갔어도

너를 향한 내 마음은
잊으려 할수록
그리움만 쌓여가네

변할 줄 모르고
바뀔지 모르는
바보 같은 내 마음
정말 미울 때도 있어

네 모습
사계절이 몇 번 바뀌어도
변하지 않고

항상
순백의 모습으로
내 앞에 서성거려

네 모습 잊혀질까
너를 그리고 그리다
네 이름 잊혀질까
목 놓아 불러보고 써보기도 하지만

무심한 바람처럼
대답은 없어

속절없는 눈물이
미운 눈물이
모든 걸 지워버릴 뿐

사랑한다, 사랑한다
아껴둔 고백
때늦은 후회 속에
맴돌고 있고

미운 눈물
미운 눈물만
하염없이 흐르고 있어

바다

그대 처음 만난 날
도랑 같은 마음이

만남의 숫자가
더 할수록

냇가가 되고 강이 되더니
바다가 되었습니다

당신이 내 작은 가슴을
바다로 만들었습니다

당신이 도랑의 물이어도
냇가의 물이어도 강물이어도

언제라도
받아주는 바다

내 작은 가슴
바다 되어 기다리고 있습니다

내 품으로 오는 당신을
두 팔 벌려 기다리고 있습니다

별

내 그리움 자라고 자라
달까지 닿은 지는 오래

오늘은
밤하늘 별까지 닿았다

높이 오르면
그대 모습 보일까 봐
오르고 올랐는데
별까지 올랐는데

그리운 그대
보고픈 그대 모습
보이지 않네

그대 모습
보이지 않아도 좋아
내가 높이 올라와 있으니

지금 창문 열고 밤하늘 별을 봐

별이 나야
제일 반짝이는 별
그 별이 나야

봉숭아꽃

봉숭아꽃을 보면
옛사랑이 생각난다
엄지발톱과 새끼손가락에
봉숭아 꽃물 들여 주었던 여인

붉은 꽃잎에 지극한 사랑 섞어
나무젓가락 태우며 소원 넣고
소금 명반 짓이겨
나를 꽁꽁 묶었던 여인

그녀는
그녀의 마음을 나에게 묶었고
사랑을 묶었다

엄지발톱 새끼손가락이 아닌
평생 지울 수 없고 지워지지 않는
내 심장
빨갛게 물들였다

PART 02

사랑, 사랑, 사랑 ● Ⅱ

사랑

작은 사랑이 모여
큰 사랑이 되는 줄 알았다

착각이었다

너를 처음 본 순간
너는 내 사랑 전부였다

한 방울의 사랑

물감 한 방울
톡
떨어져
유리컵 속 물들이듯

당신 한 방울
뚝
떨어져
내 심장 빨갛게 물들였다

사랑 쉽게 보지 마

관심 주지 않으면
아지랑이 되어 날아가고

덥다고 미루면
변하고 상하는 사랑

날마다 푸른 사랑도
세월 가면 단풍 들고

방심하면
꽁꽁 얼어 버리는 사랑

사랑 쉽게 보지 마
사랑은 생명의 호흡이라네

자동이체

당신에게
내 사랑 자동이체 했습니다

매일 아침 배달되는
내 사랑

당신 가슴속 깊이
차곡차곡 쌓아 주세요

사랑의 열기구

파란 하늘이 멋있고
밤하늘 별들이 보석 같다며
높은 하늘을
유난히 좋아했던 당신

나는 당신을 위해
나의 뜨거운 사랑의 열기로
당신을
아름다운 열기구로 만들었고
하늘 높이 띄웠습니다

그런데
내가 당신을 알아버렸습니다

파란 하늘은
멋진 사람이었고
보석 같다던 별은
돈 많은 사람이었고
높은 하늘은
힘 있는 사람이었다는 걸

당신이
그런 사람만 찾고 있다는 것을

당신을 알고부터
나의 사랑 열기는
식기 시작했고

당신 열기구는
서서히 추락할 것입니다

하늘만
바라보고 사는 당신
당신은 모를 겁니다
떨어지는 속도에 가속도가 붙는다는 걸

후회해도 늦었습니다
당신은 진흙탕 속으로 추락하고 나서야
나를 그리워할 것입니다

나의
순수한 사랑의 열기를

사랑의 씨앗

그대라는 사랑의 씨앗
가슴 깊이 심었더니

언제나 꿈과 희망으로
환한 빛이 되어 불 밝힙니다

떠오르는 태양처럼
뜨겁게 타오르는 그대여!

어둠 내려오면 달이 되고 별이 되어
피어나는 그대여!

그리움의 눈물로
싹을 틔운 그대여!

그대와 함께한 곳마다
그대 향기는 남아

거석(巨石)처럼 뿌리내려
떠나갈 줄 모릅니다

그대라는 사랑의 씨앗
자라고 자라 꽃피웠습니다

봄꽃 만개하듯
그대라는 꽃 만발하였습니다.

영원히 사랑할게요

시간은 철을 녹슬게 하고
꽃을 시들게 하지만
너를 향한 내 마음은
더 빛나고 더 푸르고 싱그러워요

아침에 만나
어둠 속 헤어질 때면
말없이 스며오는 너의 온기와 향기는
내 가슴 깊이 파고들어요

콩깍지 벗겨지면
사랑도 식는다고 했지요.
얼마나 지나야 벗겨질까요?
죽어서도 뜨거울 내 사랑은

비바람 몰아치고
하늘의 달과 별이 모두 사라져도
내 가슴속 너라는 등대는
달보다 별보다 더 빛나고 반짝여요

영원이란 말은
신들이 우리를 위해 남긴 유산이며
너와 나의 약속이라 믿어요
신 앞에 맹세합니다.
영원히 사랑할게요.

사랑 참 어렵다

온실 속 화초처럼
날마다 관심 주고 물 주면서
사랑하고 싶은데

너는 온실 속 다육이 같다
관심을 많이 주고
가까이 가면 시들 거 같고

무관심한 척
거리를 두면
날아갈 것 같은 너

사랑
어떻게 해야
잘하는 걸까

이 나이 되어도
잘 모르는 사랑
사랑 참 어렵다

술

술병 기우려
잔을 채우고

잔을 기우려
그리움 마신다

알밤 같은 사랑

처음에는
가시만 보였다

네가
마음을 열 때까지

온 정성을 다해
너의 마음 열었더니

너는 가시만 빼고
너의 모든 것을 내게 다 주었다

내 사랑도 그랬다

너에게

촛불과 장다리꽃

촛불은
자기 몸을 태워
세상을 밝히고

무는
자기 몸을 썩혀
세상을 아름답게 꽃피웠다

세상을 밝게
세상을 아름답게 만드는
촛불과 장다리꽃처럼

우리 서로 촛불 되고 무꽃 되어
밝고 아름다운 세상
무지개 집 만들어요

옛사랑 · 1

책갈피 속
예쁜 단풍잎

옛사랑 꺼내
얼굴에 미소 짓고

마음속에
곱게 다시 묻는다

옛사랑·2

그대를 만났을 때
나는 모든 게 부족했었다

잘해주고 싶어도 마음뿐
줄 수 있는 게 없었다

가진 것 없다 보니
마음마저 가난했고
가난해서 준 거라곤 마음뿐이었다

미련일까
후회일까
뉘우침일까

좋은 걸 보면
맛난 걸 보면
예쁜 걸 보면

항상 내 눈앞에
서성이는 그대를 본다.

여행

몸과 마음이
여행을 가고 싶다 한다

자동차 시동을 걸었다
이리 갈까 저리 갈까
망설이고 망설이다
마음의 길을 따라 달렸다

쏜살같이 고속도로를 달려
자동차가 멈춘 곳은
너의 아파트 주차장

마음만 남겨놓고
갔던 길
되돌아와야만 했다

머리는 잊었다 했는데
몸 은
왜
잊지 못할까

오늘

흙 침대에
낙엽 침대 커버 깔고
나는 나무뿌리 베개
너는 내 팔베개하고
나는 달 이불
너는 별 이불 덮고
사랑하고픈 오늘

너와 나
입술 포개고
나는 너에게
너는 나에게
서로에게 온몸 오롯이 맡기고
하얀 밤을 지새우고 싶은 오늘

우리 눈 마주 보며
별 숫자만큼
사랑한다. 사랑한다
속삭여 주고 싶은
오늘입니다

그대뿐

혼자 마셔도

여럿이 마셔도

집에서 마셔도

밖에서 마셔도

생각나는 건

그대뿐

오늘 밤

임아
오늘 밤
술 한잔하자

달 쟁반에
별 안주 소복이 쌓아놓고
술 한잔하자
오늘 밤에 꼭!

해장국 은
내가 숙성 시켜둔
새벽이슬 한 중발

임아
술 한잔하자
오늘 밤에 꼭!

울지 마

그대 떠나고
계절은
참 많이 바뀌었네요

내 마음도
많이 바뀌어요

보고 싶다가
미치도록 그립다가
웃기도 하고
눈물을 쏟기도 해요

그대여
이 글을 읽고
이 노래를 듣고
울지 말고 웃어주세요

내가 그대를
지켜주진 못해도
힘을 줄게요

이 시를 읽고
이 노래를 들으며 힘내요
그리고 웃어요
울지 말고 웃기만 하세요

나를 생각하며 웃어요
그리고 힘내요
웃기만 하면서
예쁘게 사세요.

이런 사랑 할 거야

나는
시 같은 사랑을 할 거야
시어를 하나하나 엮어
핑크빛 언어로 사랑을 하고

예쁜 사랑의 시를
노래 부르며
두 손 잡고 춤도 추면서

죽는 날까지
시가 되고 노래가 되는 사랑
온 영혼이 적시도록
사랑을 할 거야
사랑으로 피어나고 향기로 가득한
너와 나의 사랑

모두가 부러워하는
빛나는 사랑

서로의 가슴속에
영원히 새겨질
사랑의 시
사랑의 노래를 만들 거야

죽는 날까지
시가 되고
노래가 되는 사랑
예쁜 사랑을 할 거야

큰 사랑

이파리 없는 나무는
작은 바람에 흔들리지 않고

큰 나무에 잎까지 무성하면
작은 바람에도 웃고 춤춘다

내가 그렇다

사랑 잎 무성하고
클 대로 커버린 내 사랑

그대의 작은 행동 말 한마디에
울고 웃고 하지만

걱정 마
내게는 태풍 몰아쳐도 끄떡없는

바위보다 깊고
동아줄보다 질긴

너를 향한
뿌리가 있어

PART 03

사계(四季) 속, 삶의 흔적들

금낭화

모두 높은 하늘 바라보며 살지
아래에는 아무것도 없는 줄 알아

땅을 바라보며 핀 금낭화
그 무엇도 담지 않고

땅의 기운을
온몸으로 받으며 살지

지금 서 있는 곳을 봐
평지인지 높은 벼랑 끝인지

높아도 뾰족한 바위 끝이면
낮은 평지만 못해

큰 만족과 행복보다
작은 행복을 찾는 금낭화

고소하고 맛있는
작은 행복의 맛을 아는 꽃

높은 곳만 바라보는 산딸나무꽃보다
수줍게 미소 지으며 행복해하는 금낭화

그대는 아는가

쌀밥 한 숟가락 입에 넣고
씹고 씹고 또 씹으면
그 다디단 단맛
그대는 아는가

양은 도시락 속 쌀밥에 계란부침 멸치볶음
반찬의 자부심 그대는 잊었는가

지금은 맛없다 건강 해롭다
좋은 것만 다 골라 먹어도
그때 그 맛이 그리운 건

아랫목 둥그런 밥상에 둘러앉아
함께 먹었던 살붙이의 맛
교실 천장에 밥풀 튀기며
시끄럽게 먹었던 우정의 맛

그 맛을 어디에서 찾을까
추억의 맛이어서 그 맛을 못 잊나 봅니다
그 사람을 못 잊나 봅니다

내장산

해마다 시월에서
십일월로 바뀔 때면
하늘에서 내려온
마법의 붉은 바람
내장산 나뭇잎 뒤에 숨어
초록 기억 지워버린다

내장산에 오면
바람도 빨개지고
가을을 담고 싶어 찾아온 사람의
가슴도 빨갛게 물들어 버린다

하늬바람 짙어질수록
붉은 파도 넘실대는 내장산
새색시 얼굴보다
더 곱디곱다.

십일월이 짙어지면
붉게 멍든 가슴으로
하루를 마감하는 태양처럼
빨간 삶을 마감하는 단풍잎
미련 없는 너풀거림으로
고왔던 삶 지우고 간다

돛단배

누구나 태어난 순간
먼 바다로 나가야 할
돛단배 인생

그 바닷길은
파도가 겹쳐 몰아치고
폭풍우를 만날 때도 있지

어떤 이는
밀물에 폭풍우를 만나고
어떤 이는
썰물에 순항하기도 하지

밀물이나 썰물이나
작은 파도 없는 곳 없고
종일 밀물
종일 썰물도 없다네

한평생 항해하다 보면
무서운 태풍
만나지 않은 배 있겠는가

흔들리며 일어서서
대양(大洋)을 가는 조각배처럼

즐거운 흔들림
받들고 견디며 사는 것이
우리의 인생이지

바닷속 이야기

바닷속 깊이까지
힘들게 내려온 햇살 한 조각
산호와 해초, 물고기들을
번갈아 안아주며
속삭이는 소리
나는
그들의 속삭임을 적는다

물 위 파도가 부르는
노랫소리에 맞춰
물고기들의 무도회가 열리면
해초는 상모를 돌리며
흥을 돋운다

깊은 바닷속 무도회장
모두가 속삭이듯
빛과 물, 산호, 물고기가
고요함으로 하나 되어

예쁜 미소로 나를 반기면
조개들은 물 풍선을 만들어 환호하고
거북이는 나를 등에 업고 춤을 춘다

태평양 깊은 바닷속에서
말을 안 해도
눈빛 몸짓만으로
얼마나 다정하고
아름다울 수 있는지
말 없는 울림이
파도처럼 밀려온다.

너를 만날 때마다

휴대폰 진동 소리인 줄 알았다
아니었다

지진 난 줄 알았다
아니었다

너를 보고 설레는
내 가슴속 울림이었다

병뚜껑

술을 맛있게 마실 수 있는 것은
모두가 다 병뚜껑 덕이다

뚜껑이 없었다면
술이라는 존재도 없을지 몰라

너를 함부로 대하는 걸 보면
가슴이 아프다

술맛을 지키기 위해
차가운 냉장고 속에서도
사계절 온몸으로 술맛을 지켰는데

나는 누구를 위하여
몸을 얼려본 적 있었던가

말없이 뚜껑을 호주머니 속에 넣었다

말 없는 울림이
자꾸, 자꾸 가슴을 때렸다.

봄바람

봄바람이 나풀나풀
날아다닌다

매화와 춤추고 온 하얀 바람
개나리와 입 맞추고 온 노랑 바람
진달래와 볼 비비고 온 분홍 바람
하양, 노랑, 분홍 바람이
하늘하늘 날아다닌다

아지랑이 속에도
무지개와 향기가 있고
바람 속에도
하양, 노랑, 분홍색이 있고 향기가 있는
봄을 기다렸나 보다

그대를 기다리는 내 사랑처럼
꽃과 어울려 춤추고 싶었나 보다
꽃피는 봄날에
예쁜 사랑 하고 싶었나 보다

봄비가 좋아

어둠 속에 펼쳐 있는 희망의 불빛처럼
소리 없이 내리는 봄비

앙상한 나뭇가지 적시며
사랑을 속삭이는
봄비 소리에
그대가 더욱 그리워지는 오늘

파도처럼 밀려오는 그대의 기억으로
봄비 같은 미소 피어나고
봄꽃 만개하듯 웃어도 보지만

빗물에 젖었는지
눈물에 젖었는지
촉촉한 몸뚱어리

봄비와 함께여서
그대와 함께하는 마음이어서
봄비 내리는 날이 좋아
그대를 생각나게 하는 봄비가 너무 좋아

사계(四季)

1. 봄

얼음장 밑에 잠자고 있던 봄
미나리가 깨우고

나무뿌리에 숨어있던 봄
두릅 따라 빼꼼히 고개 내민다

숙면 중인 땅속의 봄
냉이 달래가 모셔 오고

파도 놀이 하던 봄
주꾸미 낚시에 걸려 올라왔다

봄 축제하는 식탁
오늘은 성찬의 봄을 먹는다

2. 여름

뜨거운 태양이
하늘을 파랗게 물들이고
반짝이는 물결 위에
은빛 보석을 쌓는다

간간이 불어오는
시원한 살랑바람
나무 잎사귀 흔들어
사각사각 풍경소리 만들면
마음은 어느새 동해로 간다

끝없는 모래밭
바람에 일렁이는 파도
사랑한다. 사랑한다
속삭이며 달려오면
나는 바람이 되어 자유를 만끽한다

말매미가 불러온 여름
참매미가 싱그럽게 노래하면
지리산 계곡에 오손도손 모여 앉아
수박 파티하던 그리움 피어나고

달빛 훤하고 별 빛나는 밤에
시원한 살랑바람 마주치면
주마등처럼 스치는 사랑
별빛처럼 고운
그 사랑 붙잡는다

3. 가을

황금빛으로 물든 들녘
붉은 단풍 하나둘 떨어져
신호등 없는 아스팔트 길을 달린다

살랑이는 바람
잔잔한 호수 위에 그림 그리고
겨울 향해 걸어가면

깊은 가을 무게에
고개 숙인 벼
석양에 풍요를 펼친다

붉은 노을 헤집고 나온
길고 긴 그림자
가을의 끝자락 잡고
가기 싫다, 가기 싫다고
고개를 좌우로 흔들고 있다

4. 겨울

눈 내리는 날이면
눈 속에 담긴 추억
송이송이 꽃 피고
가슴속 시들었던 꽃송이
다시 활짝 피어나는 날

어둡기만 했던 밤을
하얗고 포근하게 펼치고
아름다운 세상 만들면
따뜻한 그대 손길은
쓸쓸함을 녹여 주었지

한 걸음 한 걸음 옮길 때마다
과거를 뒤돌아보게 하는
송이송이 행복의 조각들
밤새 쌓여 사랑으로 감싸고

아침 창문 열면
깨끗하고 눈부신 너와 나의 사랑처럼
행복과 희망으로 빛나는 눈꽃송이
밝은 새날의 길 열어준다

삶과 인생

비 맞고 싶다고
비 내리는 날
밖에 나가 서 있어 봐
얼마나 맞을 수 있는지
빗물 모아봐 얼마나 모이는지

눈 맞고 싶다고
눈 내리는 날
들판 한가운데 서 있어 봐
얼마나 맞고 뭉칠 수 있는지

비도 이슬비, 가랑비, 소낙비 내리는 날 있고
눈도 진눈깨비, 싸락눈, 함박눈 내리는 날 있어

내가 맞은 만큼
모은 만큼
뭉친 만큼이 내 것이야

내 것도
새기도 녹기도 한다네
그게 삶이고 인생이야

상처투성이 바람

찔레꽃 향기에
아카시아꽃 향기에
술에 취하듯 취한 바람

이리 비틀
저리 비틀 거리다
찔레 가시에 찔리고
아카시아 가시에 찢겨
뚝뚝 떨어지는 핏빛 그리움
빨간 장미로 피어나면
상처투성이 바람
길을 잃고 방황한다

삶에 찔리고
사랑에 찔리고
가시에 찔리고
세 치 혀에 찢겨 흘린 피로
그대 이름 새기고

바람 따라 세월 따라
정처 없이 떠도는 나

서로의 아픔을 어루만지며
바람과 하나 된 우리
바람 타고 훨훨
시어(詩語)나 주우러 다니리라
예쁜 시어(詩語) 주워
예쁜 노래나 지으리라

선생님

초등학교 3학년 때
적록 색약 색각 검사표
숫자를 모른다고 점심도 굶은 나를
어둠 내릴 때까지 질책하며
교실에 잡아두었던 선생님

내가 아는 숫자가 아닌
또 다른 숫자가 있는데
그것도 모르는 바보 멍청이라 자각하고
초등학교 내내 방황하다
공부를 포기했었다

고등학교 국어 시간
시 써내라 해 써내면
'이 시 어디서 베꼈지' 하며
야단쳤던 선생님
아니라 해도 믿어 주지 않아
국어 공부마저 포기했었지

어렸을 때 선생님은
피할 수도, 비껴갈 수도 없었지만
지금은 내가 선택해
좋은 선생님만 골라 만난다
내가 만나는 좋은 사람이
나의 선생님이다

좋은 선생님은 많은 사람에게
꿈과 희망과 용기를 주지만
어린 새싹을 밟아버리고
꿈을 꺾어버린 선생님이
너무 원망스럽다

선생님은 한 학생을
죽이기도 살리기도 하는
마법 같은 존재라는 걸
나이 들어 알았다

신비한 앵두나무

신비하고 예쁜
앵두나무가 있습니다

너무나 신기하고 예뻐서
안방에서 키운답니다

일 년 365일 행복을 주는
행운의 나무입니다

꽃 피었나 싶으면
앵두 되어 입술에 다가오고

하루하루 순간마다
꽃인가 싶으면

빨갛게
입맞춤 해주는 앵두나무

앵두 같은 입술을 가진
하늘이 주신 꽃

평생을 함께할
아내입니다.

세상은 혼자다

몸 아프다
마음 아프다

세상에
소리쳤더니

돌아오는
메아리

세상은
너 혼자다.

참사랑

내가 나를 사랑해야
모두가 나를 사랑해

내가 나를 사랑해도
그 사랑 참 예쁘고 곱다

내가 사랑을 아는 건
나를 사랑했기 때문이야

나를 사랑하듯
누구를 사랑해 봐

얼마나 곱고
예쁜 줄 몰라

장다리꽃

바람 들어 아프다고
못생겼다고 버림받았다

아파도 너무 아팠다
참고 또 참으며 열심히 살았다

온몸 썩혀가며
한 송이 한 송이 눈물 꽃 피웠다

세상 어느 화병(花瓶) 어떤 꽃이
장다리꽃보다 예쁠까
무꽃보다 아플까

나라를 위해 가족을 위해
친구를 위해 손가락 하나
썩혀본 적 없는 나

온몸 썩혀가며 피운 꽃
죽어가며 피운 무꽃 앞에
나도 모르게 고개 숙인다

정읍 월영습지

하늘과 땅
물이 상생하는
태고의 땅
정읍 월영습지

이름 모를 새와
개구리의 합창으로
풀과 나무를 춤추게 하고
시간을 붙잡는 월영습지
갈대와 억새의 대화를
바람이 전하면
엄마 품속 같은 진흙 속에서
소중한 생명들이 꿈틀대고

어둠 내리면
달과 별이 내려와
분주히 둥지를 틀고
반딧불이는 사랑에 빠진다.

보름달 내려오는 날이면
은빛 물결로 출렁이는
등 푸른 바다와 같고
보석 상자로 변하는 월영습지

달과 별 개똥벌레가
춤추고 사랑하는 날이면
알 수 없는 신들의 언어가 오가고
범할 수 없는 신들의 정원이 되는
신성한 땅

아. 정읍 월영습지

칡넝쿨

오뉴월 죽순 자라듯
치솟는 물가

쌀값과 봉급은
고향 잔디밭 잔디 자라듯
조금 자란다

가격표 훔쳐보고
화들짝 놀란 가슴
낯부끄러워 몰래 감추고

얼굴은 미소 짓지만
분노를 어금니로 물고
묵묵히 사는 민초들

알아도 모르는 체하는 국민
업신여기지 마라

칡넝쿨 같은 민초 하나로 뭉치면
산사태도 막아내고
나라 부도도 막지만
가시나무 숨통도 조인다

천 년 나무 옭아매어
천 년 동안 흐르던 강물도
가로막는다

화성시

소나무 옆 배롱나무 꽃 피고 지면
예쁜 도요새 노래 부르는 화성시

무봉산, 빈장산 물줄기 서해로 흐르듯
동탄에서 궁평항까지 날마다 새로워지네

동쪽에는 용인시
서쪽은 아름답고 풍요로운 서해
남쪽에는 오산, 평택시
북쪽에는 수원, 안산시

미래와 기회 가능성이 열려있고
사방으로 길이 열려있는 화성시

2001년 21만 인구
2023년 100만을 돌파하고

청년들이 많아 기업하기 좋은 화성시

밥은 수향미
반찬은 서해에서 잡은 생선

쉬는 날이면
융건릉 상수리나무 숲속에서
청설모랑 역사 이야기하고
용주사, 제부도, 궁평항, 공룡 화석지
오갈 수 있는 화성시

살기 좋아 사람 모여들고
후세에도 영원한 낙원의 땅

화성시는 대한민국의 미래이며
꿈과 희망이 가득한 우리나라의 심장

심장 속의 주역은
내가 제일 사랑하는 딸과 아들이다

아들과 딸이
화성시의 꿈이고 희망이며 미래다
화성시는 나의 그리움이고 설렘이며
꿈이고 희망이다

화성시 마스코트처럼
알콩달콩 예쁘게 살고 싶다
코리요랑* 화성에서
예쁘게 알콩달콩 살고 싶다.

* 코리요는 화성시 마스코트임

PART 04

푸름 가득한 따뜻한 가족

가족

봄 햇살 같은
가족의 미소가
아침을 연다

봄바람 같은
아내, 딸, 아들 목소리
따스한 손길에 힘 얻고

가족들 말 한마디 한마디는
메마른 가슴에 비가 되고
어두운 가슴에 빛이 된다

가족 간의 무언의 약속
영원한 믿음
오늘도 다지고 다짐한다

가족의 힘

거센 비바람에
비틀거리기도 했다

혹독한 눈보라에
넘어지기도 했다

어두운 폭풍우 속에서
쓰러지기도 했지만

그때마다 잡초보다 더
꿋꿋하게 일어났던 나

그 힘은 나 혼자 힘이 아닌
우리 가족 모두
의 힘이었다

돌아가신 부모님까지
합심해서 모아준 힘이었다

꽃

그대는 꽃을 보며
아름다움과 향기에 취해
화려함 속에 감춰진
향기 속에 숨겨진
꽃의 아픔을
꽃의 슬픔을
보지도 듣지도 않았어요.

꽃은 아름다움을 잊고
튼실한 열매와
건강한 씨앗을 남기려는
엄마의 마음
분만의 몸부림뿐입니다

폭염과 폭풍우 속에서
새로운 생명을 품고
설한풍의 고통을
견디고 견디어 만든

아침 이슬 닮은
눈물방울입니다.

꽃은 상처 많은
엄마의 얼굴이고
험한 세상 이겨낸
아빠의 얼굴이랍니다.

김장하는 날

수험생
수능 날 기다리듯
이 걱정 저 걱정
많이도 하던 당신

그 많던 양념
조금씩 줄어들고
아들딸 줄 마음에
빈 통 꽉, 꽉 눌러
하나둘 채우면서도
힘든 줄 모르고

맛있다는 말 한마디에
배시시 미소 짓는
소녀 같은 당신

받고 싶은 사랑

날마다 주기만 하던 사랑
어쩌다 받고 싶을 때 있지

방전되지 않게
충전하고 싶어서일까?

사랑도 충전해야
줄 수 있는 걸까

그냥 주고 싶은데
마냥 주고 싶은데

나이 탓일까
가끔은

사랑
받고 싶을 때 있다

나쁜 사랑

집에서는 머슴이었고
집에서는 무수리였던 나

밖에 나가면
나는 왕자였고
나는 공주였어

달콤한 언어만 오가고
빛나는 눈빛이 오가는
다른 세상이었어

조금씩 왕자란 착각에
조금씩 공주란 환상에
술에 취하듯 취했지

부인을 가볍게 생각했어
남편을 우습게 생각했지

술이 깨고서야
착각이었다는 걸 알았어요

왕자 대접도
공주 대접도
영혼 없는
이모티콘 하트였다는 걸
돈 떨어지고 알았어요

돈 떨어지자
모두 다 떠났어요
사랑도 떠났지요
나를 사랑한 게 아니고
돈을 사랑했던 사람이었어요

한집에 사는 내 남자는
함께 살고 있는 내 여자는
돈이 아닌
나를 사랑한다는 걸
술 깨고 알았어요

그대를 만난 후

그대를 만난 후
내 마음속에 피어나는
사랑의 노래는
그대를 그리워하며
소리 없는 기쁨의 눈물
흘리기도 한다

그대는
따사로운 봄 햇살이요
밤하늘 밝은 보름달이며
사랑 가득한 별 되어
내 심장 두드리며
남몰래 다가오는 님의 향기는
내 가슴속을
마구마구 헤집고 다녀요

그대의 흔적 있는 곳마다
봄꽃 만개하여 향기가 나고

내 마음은 그대로 인해
흐드러지게 꽃이 피었어요

그대는 하늘이 주신 내 사랑
하늘이 주신 축복의 선물이며
볼수록 부를수록 빛이 나는
나의 찬란한 보석이고
푸른 희망입니다

그리움

쩍쩍 벌어진 논바닥
하늘만 바라보듯

먹고살기 바쁜 자식
기다리는 외로운 노모

밭모퉁이 해바라기 한 그루
먼 산 바라보며 웃지만

목소리라도 듣고 싶은
해바라기의 애절한 속마음

간절히 두 손 모아
손주 오기를 기도하고 있네

까치 우는 아침마다
행여 올까 단장하고 연지곤지 발랐던 마음

어둠 내리면 몸도 마음도 아쉬워
불타는 그리움

기다리던 언덕에는
타고 남은 재 한 소쿠리뿐이라오

마른 장작 타고 남은
검은 숯 한 소쿠리뿐이라오

눈물 흘린 어버이날

너는 태어난 순간
할머니, 할아버지, 고모들까지
온 집안 식구 모두를
기쁨의 눈물 흘리게 했다

아빠야 하고
검지로 아들 손에 대면
방그레 웃으며 눈동자 마주치고
검지 꼭 잡고
나에게 힘을 실어주었던 아들

30년을 넘게 살면서
'싫어요 안 해요'
소리를 모르는 아들

어버이날
꽃보다 몸보신이 실용적이라며
아침은 황제 브런치

점심은 육회 비빔밥
저녁은 소고기와 스파게티

태어날 때
기쁨에 눈물 흘리게 하더니
오늘은 사랑과 정성 담은 맛으로
감동을 선물로 안겨준 큰아들

내 아들 되어주어 고맙다
내 딸이어서 자랑스럽다
몰래 방에 들어가 실실 웃으며
기쁨의 눈물 흘린 어버이날

달나라에 계신 아버지

아주 어릴 적
나는 아버지께 물었지

달은 왜 나만 따라다녀
아빠도 달이 따라다녀?

아니 저 달님이
우리 아들만 좋아해서
따라다니는 거야

다른 사람은 안 따라다녀
아빠도 안 따라오는데
달은 하나잖아

나는 믿었다
하늘의 달님이 나만 좋아한다고
밤이면 수많은 이야기 나누며
비밀스러운 대화도 많이 했었지

메콩강 강둑에서 달님을 보는데
아버지가 웃으며
'아들 사랑해
무지무지 사랑한다' 말씀하신다

아버지는 돌아가셔서
하늘나라가 아닌
달나라에 가셨나 보다

어두운 밤마다
나만 따라다니시며
아들을 지켜보고 계시나 보다

보고 싶다
달만 보면
자꾸 눈물이 눈물이 흐른다

당신은 선녀

가시덩쿨 속 같은 세상
당신이 있었기에 견뎠습니다

상처 난 마음
호호 불어주며

몸에 박힌 가시
하나하나 빼어주고

가시에 찢긴 상처투성이 가슴
한 올 한 올 꿰매 주었던 당신

당신이 있었기에
지금의 내가 있습니다

당신은 분명
하늘에서 내려온 선녀입니다

사랑의 우물

내 마음속에 사랑의 우물이
있는 줄 몰랐습니다

당신 두레박이 내려와
내 사랑을 퍼 올린 뒤에야
나는 비로소 알았습니다

당신 두레박이 내 사랑을
아무리 퍼 올려도
내 우물은 차고 넘쳐서

당신을 향한 내 사랑이
이렇게 깊고 깊은 줄
정말 몰랐습니다

당신 두레박
끝없이 내려와도
난 항상 넘치는 사랑의 우물

당신을 향한 내 깊은 사랑입니다.

성스러운 축복의 결혼

오늘
새로 태어나는 승빈이와 다은이
지금까지 걸어왔던 길이 아닌
새로운 길을
함께 손잡고 걸어가야 할
성스러운 축복의 날이다

승빈이는 다은이만
다은이는 승빈이만
사랑하고 위하며 살아라

두 사람
발걸음 닿는 곳마다
향기 넘치고

머무는 곳에는
행복 꽃피우고
희망 솟구치는 집 만들어라

새로 태어나는
두 사람으로
세상이 눈부시고 찬란한 오늘

꽃보다 예쁘고
빛나는 다은이 얼굴
볼수록 눈부시게 찬란하여
자랑하고 싶은 마음뿐이다
우리 가족의 빛이고 기쁨이다

하늘보다 높고
바다보다 깊은 사랑으로
검은 머리 파뿌리 되고
파뿌리 사라질 때까지

영원히, 영원히
서로에게 꽃이 되고 향기 되어
알콩달콩 예쁘게 살아라

세상에 오신 님

지축을 흔드는 울음으로
님이 오셨습니다

님의 미소는
한 겨울을 녹여 꽃을 피웠고
님의 가슴은
온 세상을 품고 안았습니다

님이시여
낮에는 태양이 되시고
밤에는 보름달 되시어

세상을 환하게 밝히시고
모두의 빛이 되고 길이 되어
밝고 아름다운 세상
웃음꽃 만발한 세상
만들어 주소서

이름

내가 살아서 한 번만이라도
만났으면 하는 그리운 이름

생각만 해도
두 눈에 눈물 흐르게 하는 이름

그 이름 앞에서는
나는 그냥 죄인이 되는 이름

내가 죽는다 해도
그대와 함께한다면
겁나지 않을 이름

내가 죽을 때
부를 것 같은 이름

그 이름
아버지!
어머니!

아내가 몰래 한 사랑

아내가 말캉*에서
대문만 바라보고 있다

내가 옆에 있어도 없어도 무덤덤한 것은
함께 살아온 세월에 대한 믿음이다

아내 가슴속에 든 그리움
간지럼 태워 보지만

입가에 미소만 지을 뿐
더 사무치는 얼굴이다

언제부터인지
나보다 더 좋아하는 사람

나보다 더 사랑하는 사람이
아내 가슴속에 있다는 걸 알았다

세월이 약이겠지 하며
모른 척하는데

*말캉: 마루의 전라도 방언

아내 그리움은
해가 바뀔수록 커져만 간다

그 사랑 떼어내지 못하고
내가 이길 수 없을 것 같다

말 한마디 못 하고
연거푸 생각해 봐도

아내 가슴속 사랑
그 사랑이 밉다

그리움 핀 아내 얼굴에
할머니, 어머니 얼굴이 교차한다

바빠서 얼굴 안 보여줘도
다 이해한다

자식 전화 한 통화를
돈, 산삼 그 무엇보다

더 반가워하고 좋아 죽는 사람이
네 엄마고 내 아내다

잉태

쿵쾅쿵쾅 쿵쾅
쉬지 않고 울리는
생명의 종소리
모두에게 힘을 주고

신비로운 생명의 꽃봉오리
활짝 피어나면
꿈과 희망 넘치는
행복 자라는 집 이루리라

몸속에서도 반짝이는 빛
첫 울음으로 세상을 깨우면
새벽을 여는 첫 빛으로
세상을 밝히리라

화려한 유혹

세상에는
별별 여자
별별 남자가 많다

그래서
'세상은 요지경'이라는 노래도 나왔나 보다

밥 먹으러 오라는 사람
술 마시러 오라는 사람
노래 부르러 오라는 사람
춤추러 오라는 사람
골프 치러 오라는 사람
수영하러 오라는 사람
전신 마사지해 준다는 사람
심지어 잠자러 오라는 사람까지

오늘도 수많은 전화
화려하고 예쁜
간판들의 유혹 뒤로하고
아파트 현관 비번을 누른다

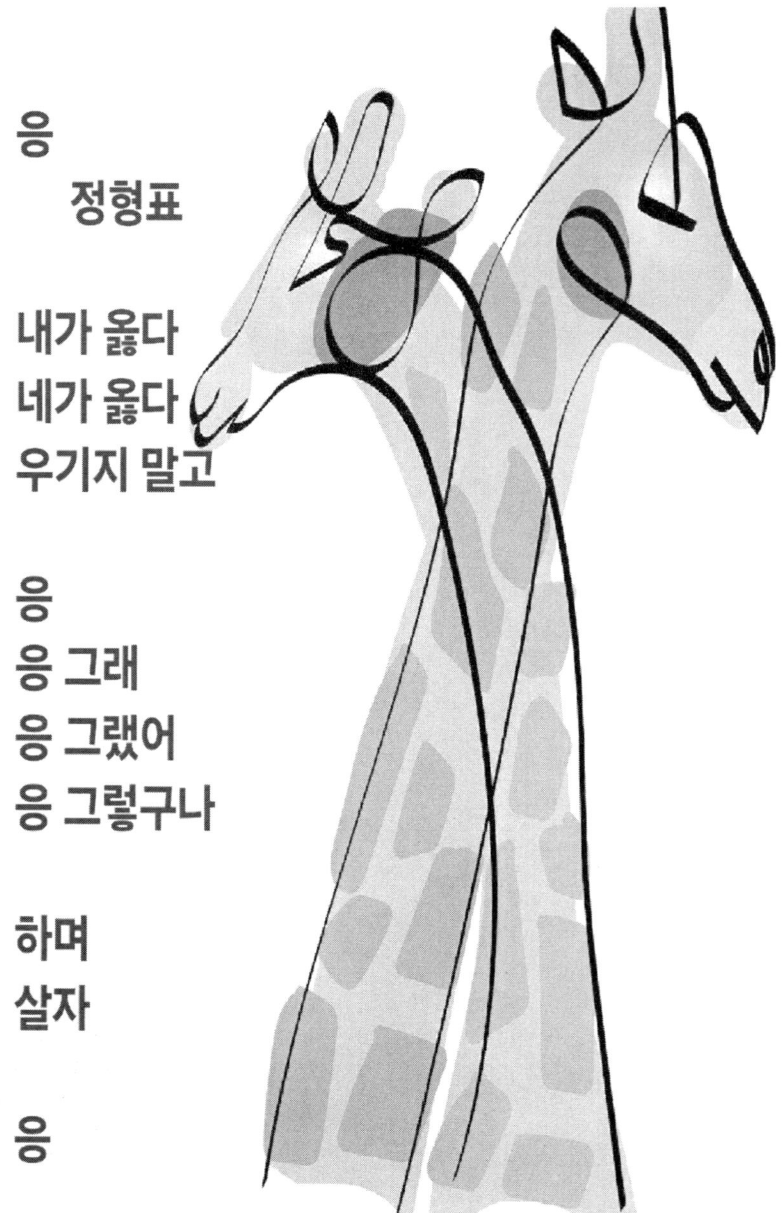

응

정형표

내가 옳다
네가 옳다
우기지 말고

응

응 그래
응 그랬어
응 그렇구나

하며
살자

응

<해설>

새로운 시집의 지평을 연
『특허 받은 노래하는 시집』

시조시인 김상선

시를 쓰는 시인의 꿈은 자신의 시가 시뿐만 아니라 노랫말 가사가 되어 널리 대중들로부터 사랑 받기를 바랄 것이다. 우리가 잘 알고 있는 송창식의 '푸르른 날'은 미당 서정주의 시를, 안치환의 '사람이 꽃보다 아름다워'는 정지원의 시를, 테너 박인수 · 가수 이동원의 '향수'는 정지용의 시를, 김소월의 '나는 세상모르고 살았노라, 초혼, 개여울, 진달래꽃'을 노랫말 가사로 하여 대중들에게 큰 울림을 주었던 시들이다.

이를 통해 알 수 있듯이 시는 노래와 밀접한 관계가 있다고 본다. 또한 노랫말 가사가 시로 인정되어 2016년 대중가요 최초로 노벨

문학상을 수상한 노래하는 시인 밥 딜런의 예를 보더라도 시와 노래는 불가분의 관계 라 할 수 있다.

대부분의 시인들이 시를 쓰면서 노랫말을 생각하며 시를 쓰지는 않을 것이다. 좋은 시가 작곡가나 가수에 의해 노랫말로 선택되어 사용 되었을 뿐이다.

그런데 시인은 처음부터 노래로 만들기 위해 작정하고 시를 쓰는 독특한 시인이다. 그와 오 랜 시간 함께한 벗으로서 시인의 삶의 과정을 보면 이런 다소 엉뚱함(?)이 이해가 된다. 시인 은 오랫동안 사업을 하였는데 똑같은 사업을 해 도 다른 사람들의 방식을 따르지 않고 자신만의 독창성을 찾기 위해 부단히 노력하여 결국 그 분야 최고의 능력을 발휘하는 사람이 되었던 것 을 필자는 알고 있다.

이러한 기질일까? 어릴 때부터 시인이 꿈이 었던 시인은 삶의 여유를 얻은 다소 늦은 나이 에 등단하였지만 보통의 시인의 길을 거부하고 시를 노래로 만들어 QR코드를 이용한 눈으로 읽고 감상하며 노래로도 들을 수 있는 '노래하 는 시집'을 만들기 위해 노력하였다. 이에 그 치지 않고 까다롭고 많은 비용이 들며 오랜 시간이 소요되는 특허 신청에 과감하게 도전 하였고, 이러한 노력의 결과로 현재는 특허가 완료된 상태이다.

이에 힘입어 세계는 물론 우리나라에서 QR 코드를 활용한 노래를 듣는 시집을 최초로 출간하게 되었다. 이는 문학사적 패러다임을 바꾸는 획기적인 의의를 지닌다고 감히 평가해 본다.

아름다운 사랑을 꿈꾸는 낭만적 사랑꾼

시인의 시는 대중가요에서 주로 언급 되는 사랑에 대한 그리움과 이별의 아픔, 꿈같은 낭만적인 사랑의 내용을 담은 시를 많이 창작하였는데, 이는 노래를 만들기 위한 시인의 의도가 담겨있다고 할 수 있다. 유독 사랑 관련 시를 많이 쓰고 발표하여 주변 문우들은 시인의 이름 대신 〈사랑시인〉이라고 불릴 만큼 사랑시를 즐겨 썼다. 시인도 이 별칭을 자랑스럽게 생각한단다. 인간의 보편적 정서인 사랑을 중심으로 하면서도 가족애, 자연, 삶의 의미 등의 다양한 주제를 담고 있어 시집의 내용은

읽을거리, 들을 거리로 더욱 풍성해진다.
　먼저 시인의 주 종목인 낭만적인 사랑 노래
하나를 펼쳐본다.

흙침대에
낙엽 침대 커버 깔고
나는 나무뿌리 베개
너는 내 팔베개하고
나는 달 이불
너는 별 이불 덮고
사랑하고픈 오늘

너와 나
입술 포개고
나는 너에게
너는 나에게
서로에게 온몸 오롯이 맡기고
하얀 밤을
지새우고 싶은 오늘

— 「오늘」 전문

　시인의 사랑시를 제대로 보여주는 시이다.

아름다운 자연 속에서 낭만적인 사랑을 나누고 싶다는 솔직한 심정을 잘 드러내고 있기에 오히려 더 애틋하고 아름다운 사랑의 행위가 성스럽게 느껴진다. 고교 때 읽은 괴테의 〈젊은 베르테르의 슬픔〉 속 베르테르가 다른 약혼자가 있는 샤를 로테를 사랑하다 극단적인 선택으로 생을 마감하지 않고 샤를 로테와 원하는 사랑을 성공했더라면 이런 사랑을 나누지 않았을까 생각하게 하는 애틋한 시이다. 특히 마음에 와 닿은 부분은 자신은 나무뿌리로 베개를 하면서 사랑하는 사람에게는 팔베개를 해주겠다고 세심하게 배려하는 부분에서 진정한 사랑이 무엇인가를 느끼게 한다.

흙, 낙엽, 나무, 달, 별 등의 순수한 자연의 소재를 시어로 선택하여 자칫 불순한 사랑으로 오해 받을 수 있는 것을 성스런 사랑으로 승화시켰다는 점에서 높은 평가를 받지 않을까 싶다.

노래의 멜로디는 조용하고 포근한 어쿠스틱 톤을 사용하여 가사와 조화롭게 이어지게 하여 일상에 고요한 여백을 주는 힐링송이라고 말하고 싶다.

나는
시 같은 사랑을 할 거야
시어를 하나하나 엮어
핑크빛 언어로 사랑을 하고

예쁜 사랑의 시를
노래 부르며
두 손 잡고 춤도 추면서

죽는 날까지
시가 되고 노래가 되는 사랑
온 영혼이 적시도록
사랑을 할 거야
사랑으로 피어나고 향기로 가득한
너와 나의 사랑

모두가 부러워하는
빛나는 사랑
서로의 가슴속에
영원히 새겨질
사랑의 시
사랑의 노래를 만들 거야

— 「이런 사랑 할 거야」 전문

　이 시는 시인의 휴대폰 컬러링으로 사용할 정도로 애착이 가는 노래라고 한다. 이상적인 사랑에 대한 설레는 다짐과 소망이 진솔하게 담긴 시로, 가사를 음미하며 들을수록 자꾸만 더 듣고 싶어지는 증독성이 강한 노래다. 시인에게 사랑을 받는 대상은 얼마나 행복한 사람일까? 매일 핑크빛 언어로 사랑을 하고 그 사랑을 시로 만들어 영원히 가슴속에 새겨질 노래를 만들어 들려주겠다고 다짐하고 있으니 말이다. 함께 살고 있는 배우자에게 바치는 헌시(獻詩) 같다는 생각이 든다. 나이가 들어 삼식(三食)이가 된다한들 시인은 사랑 받을지언정 구박 받을 걱정은 없을 것 같다.

　이 시를 읽는 독자들은 미래의 평안을 위해 아내에게 써서 보여주는 것도 현명한 한 방법이라 생각해 본다. 이 노래의 멜로디는 포크 기반의 밝은 코드로 경쾌하게 진행이 되며 희망적인 분위기 연출에 좋은 노래라고 생각이 들어 꼭 들어보라고 적극 추천해 본다.

봉숭아꽃을 보면
옛사랑이 생각난다
엄지발톱과 새끼손가락에

봉숭아 꽃물 들여 주었던 여인

붉은 꽃잎에 지극한 사랑 섞어
나무젓가락 태우며 소원 넣고
소금 명반 짓이겨
나를 꽁꽁 묶었던 여인

그녀는
그녀의 마음을 나에게 묶었고
사랑을 묶었다

엄지발톱 새끼손가락이 아닌
평생 지울 수 없고 지워지지 않는
내 심장
빨갛게 물들였다.

-「봉숭아꽃」 전문

　어린 시절 손톱에 봉숭아 꽃물을 들여 첫눈
이 올 때까지 꽃물이 남아 있으면 첫사랑이
이뤄진다고 믿었던 시절이 있었다. 이런 속설
때문이었을까 많은 소녀들이 첫사랑을 꿈꾸며
손톱에 물을 들여 애지중지 마음 졸이며 지켜

내기 위해 노력했던 것을 생각하면 참 순수하고 낭만적인 그 시절이 그립기도 하다. 과거에 시적화자를 좋아했던 한 여인이 자신의 사랑이 영원히 지속되기를 바라는 마음으로 지극 정성으로 봉숭아 꽃물을 들여 주었던 것을 회상하며, 나를 묶는 행위는 곧 나에게 영원히 지워지지 않을 그리움의 낙관(落款)이 되어 남아있다고 고백하고 있다. 봉숭아꽃이 필 때마다 생각날 그 여인이 시적화자의 아내이기를 바란다. 자칫 이 시 때문에 원앙 같은 부부의 금슬이 금이 갈까 염려가 된다.

멜로디는 포크 스타일의 가벼운 반주에 따뜻하고 애틋한 목소리가 귀에 쏙쏙 박힌다. 소박하지만 깊은 마음의 울림이 있는 노래이다.

이 외에 참사랑의 의미를 한 폭의 그림처럼 그려낸 「사랑의 열기구」를 통해 사랑의 순수함, 맹세, 기다림을 상징적으로 표현한 포크 스타일의 가벼운 반주에 감각적 기타 스트로크가 돋보이는 사랑의 노래와 이별 후에도 지워지지 않는 추억과 그리움의 감정을 비유적으로 묘사하고 이를 애절한 목소리로 노래한 「눈물의 지우개」를 들어보는 것도 큰 즐거움이다.

가족에 대한 사랑과 그리움, 그리고 힘의 원천

아주 어릴 적
나는 아버지께 물었지

달은 왜 나만 따라다녀
아빠도 달이 따라다녀?

아니 저 달님이
우리 아들만 좋아해서
따라다니는 거야

다른 사람은 안 따라다녀
아빠도 안 따라오는데
달은 하나잖아

나는 믿었다
하늘의 달님이 나만 좋아한다고

밤이면 수많은 이야기 나누며
비밀스러운 대화도 많이 했었지

메콩강 강둑에서 달님을 보는데

아버지가 웃으며
"아들 사랑해
무지무지 사랑한다 " 말씀하신다

— 「달나라에 계신 아버지」 전문

　이 시는 돌아가신 아버지를 향한 그리움과 속마음을 진솔하게 표현한 시이다. 시인의 아버지는 농촌에서 평생을 사셨지만 당시에 다니기 힘든 고등학교와 수산 전문대학을 졸업한 지식인이셨다. 필자는 시인과 절친이었기에 학창시절에 가끔씩 놀러가거나 농번기 때 친구들과 일손을 도우러 가면 인자한 얼굴로 맞이해주시고 귀한 씨암탉도 아낌없이 잡아주셨던 분이다. 또한 살아가는데 필요한 금과옥조와 같은 말씀을 많이 해주셨던 기억이 지금도 생생하게 남아 있다.
　시인은 진심 효자였다. 효자였기에 아버지의 죽음은 시인에게 있어 큰 슬픔과 충격으로 다가왔을 것이다. 어릴 때 아버지와 달을 매개로 하여 나누던 따뜻한 추억을 회상하고, 베트남에서 메콩강을 여행할 때 추억을 불러일으키는 달을 보면서 아버지에 대한 그리움을 떠올리며 아버

지의 변함없는 사랑을 확인한다. 달은 곧 아버
지와 시인을 연결하는 매개체로 이승에서 아버
지는 존재하지 않지만 달을 통해 아버지를 잊지
않고 언제나 소통하는 시인의 효심은 본받을 만
하다. 이런 시 하나 쯤은 가슴에 묻고 사는 것
도 괜찮을 듯싶다.

두 사람
발걸음 닿는 곳마다
향기 넘치고

머무는 곳에는
행복 꽃 피우고
희망 솟구치는 집 만들어라

― 「성스러운 축복의 결혼」 중에서

　시인은 가족에 대한 사랑과 애정이 유독 강
한 것 같다. 아들의 결혼식을 축하하기 위해
세상에 단 하나 뿐인 결혼식 축가를 만들어
두 사람의 행복과 사랑을 기원 하였는데 이는
아들과 며느리의 감동을 이끌어 냈을 뿐 아니
라 많은 축하객들로부터 부러움을 사기도 하였

다. 이를 계기로 결혼을 앞둔 아들 며느리의
친구들과 하객으로부터 결혼 축가를 의뢰하는
사람들이 제법 있었다고 한다.

거센 비바람에
비틀거리기도 했다

혹독한 눈보라에
넘어지기도 했다

어두운 폭풍우 속에서
쓰러지기도 했지만

그때마다 잡초보다 더
꿋꿋하게 일어났던 나

그 힘은 나 혼자 힘이 아닌
우리 가족 모두의 힘이었다

돌아가신 부모님까지
합심해서 모아준 힘이었다

— 「가족의 힘」 전문

시인은 가족에 대한 힘을 '나 혼자 힘이 아닌/ 우리 가족 모두의 힘이었다/ 돌아가신 부모님까지/ 합심해서 모아준 힘이었다'로 표현할 만큼 자신의 시련이 있을 때마다 이를 극복하고 지탱해준 것이 가족의 힘이었음을 단호한 어조로 고백하고 있어 더욱 감동적으로 읽히는 작품이다.

이 외에 아내의 헌신적인 사랑을 담은 「김장하는 날」과 어버이날 자식들이 보내준 작은 정성에 감격해하는 「눈물 흘린 어버이날」 등은 세심한 가족에 대한 애정을 여과 없이 보여주고 있다는 점에서 눈길을 끈다.

사계(四季) 속에서 느끼는 다양한 삶의 노래

시인은 유독 자연을 좋아한다. 순수한 심성을 지닌 탓일까? 여행을 좋아하고 라이딩(riding)을 즐기면서 다양한 자연을 체험하며 느끼는 계절의 변화를 노래하거나 그 속에서 삶의 흔적을 섬세하게 잘 포착하여 노래한 시들이 제법 많다.

봄바람이 나풀나풀
날아다닌다

매화와 춤추고 온 하얀 바람
개나리와 입 맞추고 온 노랑 바람
진달래와 볼 비비고 온 분홍 바람
하얀, 노랑, 분홍 바람이
하늘하늘 날아다닌다

아지랑이 속에도
무지개와 향기가 있고
바람 속에도
하얀, 노랑, 분홍색이 있고 향기가 있는
봄을 기다렸나 보다

그대를 기다리는 내 사랑처럼
꽃과 어울려 춤추고 싶었나 보다
꽃피는 봄날에
예쁜 사랑 하고 싶었나 보다

— 「봄바람」전문

　봄바람에 대하여 음성 상징어와 다양한 감각
적 표현을 동원하여 기분 좋은 봄날의 정경과
기분을 잘 나타낸 수작이다. 봄나들이하는 상쾌

한 감정 속에서도 시인은 겨울을 견디고 봄을
맞는 바람에게 자신의 마음을 감정이입하여 아
름다운 사랑의 마음을 담아내고 있다. 밝고 산
뜻한 기타 톤에 경쾌한 리듬이 가미된 멜로디에
솜털 같은 보컬의 목소리를 들으면 저절로 흥이
나고 새 희망이 생겨남을 느낄 수가 있다.

하늘과 땅
물이 상생하는
태고의 땅
정읍 월영습지

이름 모를 새와
개구리의 합창으로
풀과 나무를 춤추게 하고
시간을 붙잡는 월영습지
갈대와 억새의 대화를
바람이 전하면
엄마 품속 같은 진흙 속에서
소중한 생명들이 꿈틀대고
어둠 내리면
달과 별이 내려와
분주히 둥지를 틀고

반딧불 이는 사랑에 빠진다

보름달 내려오는 날이면
은빛 물결로 출렁이는
등 푸른 바다와 같고

보석상자로 변하는 월영습지

- 「정읍 월영습지」 전문

　환경부에서 지정된 내륙 습지 보호구역 33곳 중 하나인 정읍 월영습지는 제법 높은 산 깊숙한 곳 정상에 위치하여 그 보존 가치가 높고 아름다운 경관이 일품이어서 일상에 지친 도시민들에게 힐링을 줄 수 있는 곳임에도 불구하고 많이 알려지지 않은 습지이다. 시인의 고향이기도 한 안타까운 애향심의 발로였을까? 시인은 월영습지에 대해 방문객에게 해설을 하듯 차분한 어조로 설명하여 습지에 대한 상상력을 불러일으키고 직접 방문하여 탐방을 하고픈 욕망을 불러일으키고 있다. 한번쯤 방문할 기회가 있는 독자라면 방문을 적극 권하고 싶다. 습지의 정취와 고즈넉한 감성을 차분한 목소리로 설명하듯 전달하는 노래가 일품이다.

이 외에 계절의 변화에 따라 일어나는 감회를 노래한「사계(四季)」나 단풍의 명소인 「내장산」, 상품으로 선택 받지 못하여 버려진 채 방치되었지만 포기하지 않고 주어진 운명을 이겨내며 대를 잇기 위해 끝내 꽃을 피어내는 장다리꽃(무꽃) 통해 시인의 이기적인 삶을 성찰하는 「장다리꽃」의 작품도 눈에 띤다.

총 79편의 주옥같은 작품을 지면 관계상 다 소개하지 못함을 아쉽게 생각하며 나머지 작품은 필자보다 더 현명한 독자의 몫으로 남긴다.

시인은 '정든남'이라는 유튜브 채널을 통해서 사랑, 이별, 그리움, 가족, 인생 등의 다양한 주제를 바탕으로 시를 쓰고 이를 음악과 결합한 독특한 창작활동을 펼치고 있는 '노래하는 시인' 이다. 전통적인 시의 영역을 벗어나 QR 코드와 영상, 낭송, 음악을 활용해 감성과 기술이 만나는 새로운 문학 형식을 시도하여 문학의 지평을 확장하는 노력을 하고 있다는 점이 퍽이나 인상적이다.

시인이 '정든남' 유튜브에 발표하는 시를 바탕으로 만든 한 곡, 한 곡 의 노래는 며칠 밤을 지새우며 수없는 시행착오와 고뇌를 극복하고 만든 시인의 영혼이 깃든 작품들이다. 시를 쓰고 곡을 붙이는 어려운 과정을 시인은 즐겨하고 있는 것 같다. 누구도 시도하지 않은 '특허 받은 노래하는 시집'을 만드는 선구자의 자부심이 이런 고행의 길을 이겨내는 원천의 힘이 아닐까 생각해 본다. 어쩌면 이 시집을 대하는 독자께서도 읽는 것을 중심으로 '노래하는 시집'을 처음 읽는 행운 앞에 놓여 있지 않을까 생각해본다.

〈사랑시인〉의 시와 노래는 시인이 운영하는 유튜브 '정든남'에서 새로운 작품과 노래를 지속적으로 감상할 수 있다고 한다. 독자 제현의 많은 관심을 바라며, 감상 후 '좋아요'는 새로운 미지의 영역을 외롭게 걸어가고 있는 시인에게 무한한 힘이 된다는 것을 꼭 전하고 싶다.

특허 받은 노래하는 시집

초판 발행 2025년 8월 28일
지은이   정형표
펴낸이   김복환
펴낸곳   도서출판 지식나무
등록번호 제301-2014-078호
주소 서울시 중구 수표로12길 24
전화 02-2264-2305(010-6732-6006)
팩스 02-2267-2833
이메일 booksesang@hanmail.net

ISBN 979-11-993878-1-2(03810)
값 16,000원

이 책의 저작권은 저자에게 있습니다.
저자와 출판사의 허락 없이 내용의 일부를 인용하거나 발췌하는 것을
금합니다.